노래는 즐거워

신충훈 여섯 번째 시집

노래는 즐거워

신 충 훈 연작 동시집

시지시

어린이의 마음에 꿈과 희망을 그려주고 싶습니다

어린이의 마음은 하얀 도화지와 같습니다. 그 도화지 위에 무엇을 그리느냐에 따라서 그들의 미래가 결정되기 때문입니다. 오늘날의 어른들이 어린아이 시절에는 꿈과 희망을 가지고 미래를 향하여 달려갔습니다. 그러나 오늘의 시대가 많이 달라졌습니다. 컴퓨터와 정보산업의 발전으로 인하여 지금의 아이들은 꿈과 희망을 전혀 생각하지 않고 성장합니다. 단지 전자오락에 빠져들어서 재미와 흥미만을 추구하는 환경으로 사회가 변화되었습니다. 앞으로의 미래도 암담합니다. 친구들과 친밀한 교류도 없이 자라나면서, 재미와 자신의 흥미만을 제일로 생각하기 때문입니다. 이 어린이들에게 꿈과 희망을 갖게 하는 것이 아마도 오늘날의 아동 문학가의 사명이라고 생각합니다. 지금은 부모가 된 옛 어린이들은 배가 고파도 꿈이 있어서 행복했고, 부족한 것이 많아도 희망을 갖고 노력을 하였기에 기쁨이 있었습니다. 우리가 해야 할 일은 어린이들에게 참된 행복과 기쁨을 찾아주기 위해서는 그들에게 꿈과 희망을 심어주어야만 합니다.

사회는 풍요로워지고 모든 여건이 옛날보다 더욱 좋아졌습니다. 그러나 아이들의 현실은 그렇지 못합니다. 어디서나 게임에 몰두하는 어린아이들이 점점 늘어만 갑니다. 아이들은 만나도 온통 게임에 관한 이야기뿐입니다. 꿈과 희망이 없으니 나보다 공부나 다른 것들을 더 잘하는 사람을 봐도 전혀 부러워하지 않습니다. 꿈과 희망이 없으니 공부도 안 하고, 노력도 기울이려고 하지 않습니다.

꿈과 희망을 갖게 되면 모든 것에서 신기하고 즐거움을 느끼게 됩니다. 다음은 우리 부모님들이 어릴 적에 부르던 "기러기"라는 동요의 가사입니다.

달 밝은 가을밤에 기러기들이
찬 서리 맞으면서 어디로들 가나요
고단한 날개 쉬어 가라고
갈대들이 손을 저어 기러기를 부르네

이 노래 가사에서는 가을밤에 날아가는 기러기를 보면서도 친근함과 신기함을 갖고 있는 아이들의 마음을 읽을 수가 있습니다. 이러한 현상은 단지 한국의 노래뿐만 아니라 독일 가요에서도 찾아볼 수가 있습니다. 다음은 독일 민요인 "소나무야 소나무야"의 노래 가사입니다.

소나무야 소나무야
언제나 푸른 네 빛
쓸쓸한 가을날이나
눈보라치는 날에도
소나무야 소나무야
변하지 않는 네 빛

항상 사시사철 푸르른 소나무의 모습을 당연한 것으로 보지 않고, 오히려 신기한 것으로 묘사하면서, 더불어 그 노래에 기쁨과 희망이 담겨 있는 것을 알 수가 있습니다.

　자연과도 멀어지고, 사람들과도 동떨어져 있는 아이들에게 꿈과 희망을 심어주기 위해서는 감성의 언어로 기록된 문학 작품들을 가까이하게 해야만 합니다. 동화와 동시뿐만 아니라 많은 문학 작품들을 통하여 참된 인간의 감성을 찾아갈 수 있도록 이끌어 줄 때 아이들의 마음에 꿈과 희망이 살아납니다. 그리고 우리 사회와 민족이 희망찬 내일을 만들어 갈 수가 있습니다. 아이들의 꿈과 희망을 생각하며 "노래는 즐거워"라는 연작동시집을 출간하게 되었습니다.

2023년 2월 1일
신 충 훈

目목차

1부
연작시

노래는 즐거워
(1~16)

노래는 즐거워 1

-마음

노래해요
마음을 다해
멜로디 따라
기쁨으로 노래해요

새들이 끼리끼리
꽃들이 방실방실
장단에 맞춰 노래해요

산들산들 산들바람
졸졸졸 시냇물
휘파람 소리 내며 노래해요

노래는 즐거워 2

-신바람

정성을 다해
박자에 맞춰
앞으로 앞으로 걸어가요

걸음걸음
한 걸음 두 걸음
정성을 다하여 걸어가요

어제도 오늘도
기쁜 맘으로 공부하니
머리에 쏙쏙 신이 나요

친구들과 정답게 노래하면
하루가 즐겁고 행복하여
아빠 엄마 말씀도 잘 들어요

노래는 즐거워 3

－학교길

친구들과 학교에 가며
고운 소리로 노래해요

가락에 맞춰 손뼉을 치며
즐거운 마음으로 노래해요

꽃들도 나무들도 손을 내밀며
우리와 함께 춤을 추며 노래해요

우리는 좋은 친구
함박웃음 지으며 노래해요

노래는 즐거워 4

-장단 맞춰

강약 중간 약
장단을 맞추어
한마음으로 노래해요

리듬이 있는
세상을 노래하며
부지런히 책을 읽어요

우리 야옹이도
노래를 좋아해요
야옹야옹 즐겁게 노래해요

노래는 즐거워 5

−평화

매미들이 맴맴맴
한목소리로 합창을 하면
나무들이 관객이 되지요

새들도 몰려와
두 날개를 펼치고
손뼉을 치며 노래해요

풀벌레들도
하나 되는 마음
평화가 넘쳐나요

노래는 즐거워 6

-선율

기쁠 때나
슬플 때도
노래를 합니다

마음이 담긴
사랑의 노래는
선율마다 감동을 줍니다

낭랑한 목소리는
허공을 맴돌던 구름도 내려와
관객이 됩니다

마음을 담아 노래를 하면
하늘의 달님도 별님도
함박웃음 지으며 노래해요

노래는 즐거워 7

－빗방울

토닥토닥 비 내리는 날
천둥 번개 소리 높여
우르르 쾅쾅 노래해요

동에 번쩍
서에 번쩍
큰 소리로 노래해요

목이 마른 풀잎 위에
빗방울이 떨어지니
기분이 좋아 노래를 해요

노래는 즐거워 8

-위로

눈물 같은 빗방울
소리를 내며 떨어져요

훌쩍훌쩍 눈물 흘리는
사람들을 위해 노래해요

빗물은 위로의 애가
평안을 주기 위해 노래해요

노래는 즐거워 9

- 친구

힘들고 어려운
친구가 생각나면
도레미파솔라시도
큰 소리로 노래를 해요

나뭇가지 사이로
일렁이는 잎새들
바람에 팔랑팔랑
조용히 노래를 불러요

노래는 즐거워 10

－책을 읽으며

책장을 넘기며
콧노래를 불러요

지은이 모두에게
감사를 하면서

한 장 두 장
책장을 넘겨요

지혜에 감탄하여
노래를 해요

노래는 즐거워 11

－생각

노래합니다
묵상을 하며

생각에는
날개가 있어

때와 공간에
얽매이지 않아요

일상을 벗어나
나래를 펼쳐

자유롭게 묵상하며
노래를 해요

노래는 즐거워 12

−아침

아침이 되어
두 눈을 뜰 때마다
새날을 맞이하여
정말 좋아요

새로운 마음으로
새롭게 시작하는
즐거운 아침마다
저절로 노래를 불러요

동쪽에서 떠오르는
햇빛을 온몸으로 받으며
발걸음을 내디딜 때마다
새 아침이 즐겁습니다

친구야! 친구야!
오늘 아침에도 만나서
좋은 일들을 생각하면서
신나게 노래를 불러요

노래는 즐거워 13

-슬픈 날

슬픈 순간에도
노래를 하지요

기쁘지 않아도
리듬에 맞춰 흥얼거리면
나도 몰래 즐거워요

구성진 목소리로
노래를 하다 보면
어느새 기쁨이 넘쳐나요

힘들 때 노래를 부르면
마음을 다독다독 어루만져
나도 몰래 미소가 가득해요

노래는 즐거워 14

-시계

시곗바늘을 봅니다
째깍째깍 째깍째깍
부지런한 시곗바늘

한순간도 쉬지 않고
앞으로 나아가며
정확하게 책임을 다해요

시계를 바라보면
순간의 소중함을
일깨워 줍니다

시계는 약속을 잘 지켜요
초침 분침 시침 노래하며
하나가 되어요

노래는 즐거워 15

－독서

책장을 넘길 때마다
팔랑팔랑 소리 내며 재주를 부려요

책장을 넘길 때마다
팔랑팔랑 너무나 재미나지요

책장을 넘길 때마다
깜깜한 머릿속이 밝아지지요

책장을 넘길 때마다
아름다운 세상이 보여요

넓은 세상 알기 위해
팔랑팔랑 책장을 넘겨요

책장을 넘길 때마다
지식과 논리를 배우게 돼요

오늘도 책장을 넘기며
나도 모르게 깨닫는 노래

♬노래는 즐거워

노래는 즐거워 16

－팽이

돌고 도는 팽이를 보며
나도 덩달아 돌고 돌아요

룰루랄라 노래를 하면서
팽팽팽 힘차게 도는 팽이

돌다가도 힘이 다하면
서지 못하고 넘어져 버려요

아이들의 사랑을
한 몸에 받으며

신나게 노래하며
돌고 도는 팽이를 보면서

코를 잡고 뱅글뱅글
즐거운 마음으로 노래해요

2부
연작시

노래는 즐거워
(17-35)

노래는 즐거워 17

-나뭇잎

우수수 우수수
떨어지는 나뭇잎을 보며
장단 맞춰 노래를 합니다

아무리 마음이 아파도
가장 아름다운 단장을 하고
서 있는 가을 나무

나뭇잎은
힘들다고
말하지 않아요

언제나 한 곳에서도
불평불만 없는 나무는
자연의 가르침을 말해주어요

나무는 노래를 좋아해
나무는 듣기를 잘해요
나무는 노래를 잘해요

노래는 즐거워 18

-겨울

쌩쌩쌩 불어오는
동장군의 위력에도
나무들은 흔들거리면서도
노래를 잘해요

꽁꽁꽁 얼어붙은 산과 들
세상은 얼어붙어도
동심은 변함이 없어요

썰매 타는 아이들도
신이 나서 노래를 해요
기쁘고 즐거워서 콧노래 불러요

노래는 즐거워 19

- 첫눈

첫눈을 보며 노래합니다

신나는 눈송이의 향연

추운 날도 추억을 만들어요

눈이 녹아내려도 영원한 추억

모두가 기쁘고 행복해요

노래는 즐거워 20

-해님

해님을 보며
노래합니다

캄캄한 밤에는
보이지 않아도

날마다 밝은 빛을
비추어 주는 해님

차가운 세상에
온기를 전하는 해님

떠오르는 태양을 보면
꿈이 솟아나 노래를 해요

노래는 즐거워 21

−아이들

노래합니다
동짓달 섣달에

쌩쌩쌩 쌩쌩쌩
불어오는 칼바람에

아랑곳하지 않는
얼음 위의 아이들

팽이 치며, 썰매 타며
겨울을 즐겨요

강추위가 있어
오히려 신바람이 나서

모두가 함께
노래를 해요

노래는 즐거워 22

-요정

노래합니다
얼음 나라에서

꽁꽁꽁 꽁꽁꽁
얼어붙은 세상에서

더욱더 신이 나는
얼음 위의 요정들

룰루랄라 룰루랄라
아름다운 몸놀림이

얼어붙은 세상을
동화나라로 만들어요

리듬 따라 동작 따라
마음들이 노래해요

노래는 즐거워 23

－은빛 세상

노래합니다
눈 내리는 세상에서

새하얀 눈이 덮인
은빛의 산과 들

추악한 모습이
드러나지 않아서

활짝 핀 눈꽃 세상은
동화나라 같아요

상상력이 무르익는
창가에 앉아

어린아이의 마음으로
노래를 해요

노래는 즐거워 24

-참새

노래합니다
아침 햇살에

조그만 체구에서
흘러나오는 기쁜 노래

짹짹짹 짹짹짹
행복한 소리에요

작은 날개 활짝 펴서
높은 하늘 날아올라

넓은 세상 바라보며
참 희망을 노래해요

큰 새들도 부러워할
참새의 노래를 해요

노래는 즐거워 25

-봄날

노래합니다
계절의 문턱에서

갓 꽃망울을 맺어
수줍어하는 목련꽃 사이로

바람에 휘날리는
진눈깨비를 봅니다

다가온 봄의 향기가
곳곳에서 느껴집니다

기세등등한 동장군도
맥을 못 추네요

기다림의 소중함을
세월이 가르쳐줍니다

노래는 즐거워 26

－꽃망울

노래합니다
꽃잎의 미소를 보며

꽃나무 하나에
꽃망울이 맺혔다고

따뜻한 봄날이
다가오지는 않습니다

목련에서 피어난
환한 꽃망울 미소가

개나리꽃, 진달래꽃
철쭉꽃 등으로 이어지며

꽃 미소가 피어나니
봄날이 다가오네요

사람들 마음에도
미소가 피어날 때

세상도 향기롭게
봄날이 피어날 거예요

노래는 즐거워 27

-소리

노래합니다
빗방울을 보며

하늘에서 떨어지는
빗물들의 노랫소리

주룩주룩 주룩주룩
빗소리에 맞추어서

목마른 초록들이
춤을 추어요

룰루랄라 룰루랄라
농부들의 밝은 얼굴

방울방울 빗방울 따라
노래를 해요

노래는 즐거워 28

-먹구름

노래합니다
비 오는 날에

억수같이 쏟아지는
장대비를 보며

먹구름이 주는
기쁨을 봅니다

갈증으로 허덕이는
대지 위에서

하나 된 마음으로
기뻐하는 농부들

오늘은 새까만 먹구름이
환영을 받네요

노래는 즐거워 29

-장마철

노래합니다
장마철 햇살을 보며

주룩 주룩 주룩주룩
그칠 줄 모르며

끊임없이 떨어지는
빗소리를 듣다가

장마의 순간에 나타난
찬란한 햇빛

오랜만에 나타난
해님이 반가워요

함께 있을 때는
그 소중함을 몰랐어요

덥다 더워!
늘 불평만 하였지요

모두에게 희망 주는
햇살을 보며 노래합니다

노래는 즐거워 30

-가을바람

노래합니다
가을바람의 위력을

살랑 살랑 살랑살랑
살며시 다가와서

덥다 더워! 폭염으로
여름 내내 짜증나게 하던

햇살의 기세를
살며시 누그러뜨리네요

나무마다 가지마다
과일 향기 넘쳐나고

사람마다 마음마다
푸근함이 생겨나서

인정이 넘쳐나는
가을 세상을 만들어요

살랑살랑 살며시
사랑을 싣고 오는

바람결을 느끼면서
노래를 합니다

노래는 즐거워 31

-낙엽

노래합니다
떨어지는 낙엽을 보며

한여름의 추억을
잎새에 담아

가을바람 따라
하늘에 날리는 나뭇잎들

높고 높은 하늘을 보며
바스락 바스락 노래를 해요

솔솔 솔솔 불어오는 바람 따라
하늘하늘 춤을 추면서

낙엽들이 모여 모여
가을의 즐거움을 만들어 가요

오늘도 떨어지는 낙엽을 보면서
노래를 합니다

노래는 즐거워 32

-미소

노래합니다
꽃들의 미소를

장미꽃 한 송이가
망울이 맺혔다고

여름이 다가오지는
않네요

계절의 여왕 5월답게
나무마다 가지마다
장미꽃의 미소가 이어지니
계절이 다가오네요

마음속에서
미소가 이어질 때
개인들에게도
행복한 계절이 오겠지요

노래는 즐거워 33

－단풍

노래합니다
아름다운 단풍을 보며

모두가 동일한 색인
푸른색 잎을 지녔으나

시간이 지나서 제철이 돌아오니
자신의 본래 색을 드러냅니다

은행잎은 노란색
단풍잎은 빨간색

갈댓잎은 연한 갈색
소나무는 여전히 푸른색

알록달록 색깔의 조화가 있는
아름다운 세상을 만들어요

노래는 즐거워 34

-태풍

노래합니다
바람 부는 날에도

바람이 불어와도
아랑곳하지 않고

쌩쌩쌩 쌩쌩쌩
바람결을 따라서

신나게 춤을 추는
나무 위의 가지들

사람들은 태풍이 무서워
꽁꽁꽁 숨어버렸으나

나무들은 신이 나서
모든 가지들이 춤을 추어요

노래는 즐거워 35

－참새

노래합니다
친구들과 함께하려고

떠오르는 태양을 보면서
짹짹짹 짹짹짹
참새들이 노래하며
친구들을 불러요

하루 종일 쉬지 않고
맴맴맴 맴맴맴
매미들이 노래하며
친구들을 찾아요

오늘도 변함없이
팔랑팔랑 팔랑팔랑
벌 나비들이 날갯짓을 하며
친구들을 불러요

함께할 수 있는
친구들을 부를 수 있어서
오늘도
노래가 신이 나요

♫노래는 즐거워

3부
연작시

노래는 즐거워
(36-51)

노래는 즐거워 36

– 행복

친구들과 함께 노래합니다

순전한 마음으로 부르는 노래

노래를 부르면 평화가 넘쳐나요

기교가 필요 없는 동심의 노래

꿈을 부르는 행복한 노래

노래는 즐거워 37

-웃는 얼굴

웃는 얼굴로 노래합니다

마음과 마음을 이어주는 미소

선율과 함께 전하고 싶어요

밝고도 맑은 마음이 담긴

웃는 얼굴로 노래를 해요

노래는 즐거워 38

－찬양

지휘자를 보며
노래합니다

삶을 이끄시는
주님의 사랑에 감사하며
찬양을 합니다

화음에 맞추어 걸음을 옮기면
삶은 어느덧
고운 노래가 되지요

노래는 즐거워 39

-만남

정다운 친구를 만나면
발맞추어 노래 불러요

만날 때마다
즐거워 노래를 합니다

조금씩 조금씩
다가오는 사랑

만남의 역사를
쌓아가고 있어요

사랑을 알게 하신
주님의 뜻을 노래해요

노래는 즐거워 40

- 운동

다정하게 걸어가며
노래하는 언니 오빠

머리에 하얀 눈을 이고
걸어가는 할아버지 할머니

건강을 위해 걸으며
활력이 넘쳐나는 노래를 불러요

오늘도 푸르른
마음이 즐거워서 노래해요

이웃을 도우려는
식지 않는 사랑을 노래해요

변함없는 열정으로
노래를 불러요

노래는 즐거워 41

－희망

고목 나무 위에서
아빠 엄마 새가
따뜻한 둥지를 틀었어요

어린 새가 온종일
짹짹짹 노래를 불러요

푸른 하늘 바라보면
활력이 넘치는 노래

아침마다 떠오르는 태양을 보며
희망의 노래를 불러요

노래는 즐거워 42

-그 나라

기분 나쁜 일이 있어도
화내지 않고 노래를 합니다

거룩한 그 나라
주님을 생각하면

미운 일을 하는
친구를 위해 기도하게 됩니다

오늘도 정의를 향해
마음가짐을 이쁘게 하는

거룩한 결단으로
즐겁게 노래를 합니다

노래는 즐거워 43

-기도

노래합니다
어린 딸들을 보며

주의 은혜 깨달아
말씀 위에 서게 하고

할 일에 성실하며
역할에 충실하여

세상에서 강한 딸로
주여 키워 주옵소서

기도하는 마음으로
오늘도 노래해요

노래는 즐거워 44

– 멜로디

노래합니다
화음을 담아

음악이 추구하는 가치
조화로운 세상이어요

높고 낮은 멜로디
모두가 아름다운 노래

천국의 세상은
마치 하모니가 있는 음악 같아요

행복한 맘으로
우리 모두 노래를 해요

노래는 즐거워 45

−새해맞이

노래하며
춤을 추어요

삶의 아름다움을
감사하며 함께 춤을 추어요

새해를 맞이하니
새 꿈이 솟아나고

하나님이 허락한
소중한 시간은 큰 선물

활력 넘치는 축제는
날마다 이어가고 있어요

오늘도 우리들은
춤을 추며 노래를 해요

노래는 즐거워 46

－놀이터

놀이터에서
즐겁게 노래를 합니다

엄마가 밀어주는
그네를 탈 때마다

흥얼흥얼 흥얼흥얼
마음에서 노래가 울려 퍼져요

아빠가 잡아주는
자전거를 타면서도
룰루랄라 노래가 떠올라요

신나는 세상을 알려주는
엄마 아빠와 손을 잡고 노래해요

오늘도 함께하는 우리 가족
신이 나서 노래를 해요

노래는 즐거워 47

－재래시장

노래합니다
전통 시장에서

오가는 사람들 속에서
쉬지 않고 외치는
상인들의 목소리

활기가 있어서
노래가 나와요

많은 사람들이 왁자지껄
활력이 넘쳐나 노래를 불러요

엄마 손잡고 나온 아이들
쇼핑 나온 사람들

활력이 넘쳐나는 재래시장에서
기쁨이 넘쳐나는 콧노래 불러요

노래는 즐거워 48

－사랑

노래합니다
주님의 말씀 보며

"피리를 불어도
너희가 춤추지 않고
우리가 슬피 울어도
너희가 가슴을 치지 아니하였다"

주님의 말씀이
감동으로 다가옵니다

관심과 반응이 없는
무덤덤한 현대인들에게

사랑을 찾는 비결이
무엇인지를…

예수님께서 직접
노래를 하시네요

말씀을 보면서
사랑을 알아가기에

아름다운 이 노래를
마음속에 불러봅니다
　　(마 11:17)

　♬노래는 즐거워

노래는 즐거워 49

─어깨동무

어깨동무 친구들의
우정을 위하여 노래합니다

힘이 들고 어려워도
어깨동무 친구가 있어 좋아요

조건 없이 만나서
행복하게 놀 수 있어 기뻐요

헐레벌떡 헐레벌떡
재미 좋아서 시간 가는 줄 몰라요

하하하 호호호
하루가 금방 가네요

격의 없이 함께 웃을 수 있어
늘 행복한 노래를 해요

노래는 즐거워 50

-나들이

엄마 손을 잡고
나들이를 가면서
룰루랄라 룰루랄라
아장아장 걸을 때마다
노래가 저절로 나와요

꽃 한송이만 보아도
너무나 예쁘구요
풀 한포기 조차도
신기하기 그지 없어요

짹짹짹 짝짝짝 서로 화답하며
새들과 화음 맞춰 노래를 합니다

훨훨훨 훨훨훨
나비처럼 춤을 추어요

엄마 손을 잡고 가는
오늘의 나들이
나도 모르게
즐거운 콧노래가 흘러나와요

노래는 즐거워 51

－고마워

하하하
호호호
친구가 있어서
정말 좋아요

깔깔깔
깔깔깔
웃음이
저절로 나와요

랄랄라
랄랄라
얼굴을 마주하니
하루가 신이 나요

친구야 친구야
정말 고마워
내일도 만나서
즐거운 노래를 함께 부르자

4부

둘의 기적

샘물의 기쁨1
-갈증

퐁퐁퐁 퐁퐁퐁
솟아납니다

목마른
영혼들을 위해

퐁퐁퐁 퐁퐁퐁
쉬지 않고서

시원한 생수로
늘 목마르지 않습니다

샘물의 기쁨2
-위로

졸졸졸 졸졸졸
흘러가며 노래를 합니다

힘들고 어려운 자들에게
위로하는 시냇물

졸졸졸 졸졸졸
가뭄의 때에도 변함없이

랄랄라 랄랄라
기쁘게 노래하는 냇물

샘물의 기쁨3

-비움

콸콸콸 콸콸콸
넘쳐납니다

모든 것을
품에만 두지 않고

랄랄라 랄랄라
즐거운 마음으로

솟아나는 것들을
세상 모두를 위해 흘려보내요

장닭의 울음

꼬끼오 꼬끼오
새 아침이 밝아오는
오늘도 힘차게 노래합니다

꼬끼오 꼬끼오
하루도 쉬지 않고
새 아침이 온 것을 노래합니다

새로운 아침을 만들지 못해도
눈 비비고 일어나 새 일을 하는
사람들에게 희망을 줍니다

꼬끼오 꼬끼오
오늘도 변함없는 외침에
세상의 일들이 분주해집니다

♬노래는 즐거워

암탉의 사랑 노래

꼬꼬댁 꼬꼬댁
아침마다 사람들을 깨우며
세상에 희망을 줍니다

꼬꼬댁 꼬꼬댁
생명 창조를 위하여
수탉을 부르고 있네요

닭들도 맡겨진 사명을 위하여
사랑을 담아
희망의 노래를 합니다

꼬꼬댁 꼬꼬댁
변함없는 사랑의 노래 부르며
모두를 기쁘게 하네요

마음이 통하니

보아야
예쁘지요

만나야
사랑스럽지요

말을 해야
서로 소통하지요

모든 것을 가로막는
코로나 바이러스가 싫어요

서로 만날 수 없어도
마음으로 극복할래요

둘의 기적

짝짝짝 짝짝짝
손바닥을 마주치니
흥겨운 손뼉치기가 됩니다
한 손으로는 불가능하지요

앞으로 앞으로
두 발에 맞추어서 걸어가니
원하던 목적지에
어느새 도달했어요

하하하 호호호
한 남자와 한 여자
서로서로 사랑을 하니
모두가 부러워하는
아름다운 가정을 이루었네요

랄랄라 랄랄라
새 학년이 되자
새 짝이 생겨 공부가 신이나요
집에서 혼자 하는
비대면 수업은 정말 싫어요

좋아요 좋아요
백지장도 맞들면 낫다는 속담처럼
약간의 도움이
큰 힘이 되는지를
날마다 삶에서 깨달아 가요

룰룰루 랄랄라
함께하는 삶에는
기쁨이 있고 기적이 있어요
외로운 숫자 1과는 다른
숫자 2가 가지고 있는 기적이에요

빈 둥지의 교훈

바람도 머무르지 않고
스쳐 지나갑니다

새들도 날개 짓하며
곁눈질 하지 않습니다

오직 먼지 입자들만
새하얗게 쌓여 갑니다

생명이 없으니 사랑도 없고
생활이 없으니 희망도 사라졌습니다

공간이 아니라 삶이
생활 속에서 기적을 만들어갑니다

지지배배 지지배배
새의 노래가 사라지자

모든 것이 없어지는
황량한 공간으로 변하여 갑니다

날마다 해님이 웃는 이유1

하늘에서
해님이 방긋 웃으니
새 아침이 밝아옵니다

날마다
아침과 마주하며
방실방실 웃는
해님이 정말 좋아요

해님은 쉬지 않고
날마다 왜 웃을까요?
그 이유를 나는야 알아요

아침마다 해님을 바라보며
새들이 노래를 하니까
너무 좋아서 늘 웃고 있지요

꼬끼오 꼬끼오 수탉의 노래
짹짹짹 짹짹짹 참새들의 환영 인사
이름 모를 새들의 인사가
아침마다 이어지고 있어요

새들의 아침 노래에
해님이 기분 좋아
방실방실 날마다 웃고 있지요

날마다 해님이 웃는 이유2

봄, 여름, 가을, 겨울
방실방실 미소 짓는
해님이 정말 좋아요

하루도 빠짐없이
해님을 바라보는 꽃님들
기분이 좋아서 화낼 일이 없어요

봄날에는
개나리 진달래 벚꽃…
봄바람 속에서 꽃을 피우고요

여름날에는
백일홍, 수국, 아카시아 향기
엄마의 마음 같은 향기가 풍겨요

가을날에는
코스모스, 국화, 메밀꽃들이
가을이라고 말해주는 것 같아요

겨울날에도
하얀 눈꽃이 가지마다 피어나
해님에게 고맙다고 인사를 해요

철마다 이어지는
이름 모를 꽃들의 잔치
방실방실 방실방실
해님도 기뻐서 웃고 있어요

날마다 해님이 웃는 이유3

오늘도 푸르기만 한 하늘
해님이 방긋 웃으니
세상이 환해집니다

날마다 쉼 없이
방실방실 웃는 해님
그 모습이 너무나 이뻐요

해님은 왜 쉬지 않고
날마다 웃을까요?
그 이유를 나는 알아요

아침마다 아이들이
미소 지으며 학교에 가니
해님도 기분이 좋아서 웃어요

허겁지겁 허겁지겁
아이들이 다정하게 어울려
학교 가는 모습이 좋아서 웃어요

학교에 가지 않는
여름방학과 겨울방학에는
하고 싶은 일 신나게 하는 모습에
덩달아 기분이 좋아 웃음지어요

신바람 날갯짓

동동동 동동동
떠가는 흰 구름 보며
훨훨훨 훨훨훨
힘차게 날갯짓을 해요

향기로운 꽃향기 찾아서
이 꽃, 저 꽃 찾아다니며
신나게 춤을 추며 날갯짓해요

날개 없던 어린 시절
잎새나 갉아 먹는 애벌레라고
눈총을 받으며 자라났어요

이제는 자기에게 오라고
꽃들이 서로 환대를 해 주니
날갯짓이 신이 나요

따뜻한 봄바람에 꽃향기 맡으며
하늘로 날아오르니
날갯짓이 신이 나요

5부

내일이 주는
행복

4월의 유혹

살랑살랑 살랑살랑
말없이 전해주는 봄바람 따라
하얀 목련 꽃잎이
순결하게 인사를 하네

따사로운 봄날이 왔네
새봄이 왔다고
노오란 개나리꽃 산수유 꽃잎들이
박자를 맞추어서
노란 세상 만들어 가네

진달래 꽃잎과 벚꽃잎들이
서로의 모습을 바라보면서
분홍빛 꽃 웃음을 짓고 있네

봄날에 피어나는 꽃향기들이
마음 문을 두드리면서
들로 산으로 나오라고
팬데믹 기간 중에도 유혹을 하네

보슬비의 인내

비가 오는지도 모르게
소리 없이 내리는 보슬비
보슬비에 옷 젖는 줄 모르게
조금씩 조금씩
끊이지 않고 내리고 있어요

고요히 떨어지는 빗방울
사람들은 우산도 쓰지 않고
비를 맞으며 걸어가고 있어요

오후가 되었어요
도로가 모두 젖어 있고
거리에 사람들도 보이지 않아요

보슬보슬 보슬보슬
9일 동안 비가 내려
엄청난 산불도 멈추었어요

무엇을 하여도
끊이지 않고 하는 것이 최고임을
봄날의 보슬비가 깨우침을 주네요
　　　　-2022년 3월에

당연한 것에서의 탈출

이것은
지극히 당연한 거지요
사람들이 보통 하는 말입니다

그러나 아니에요
세상에는 당연한 것이
아무것도 없어요

나의 기도와 관심
나의 노력들이 있어서
오늘을 새롭게 만들어 갑니다

열심이 더해질수록
오늘의 의미가
새롭게 변화가 되어요

세상에 당연한 것은 아무것도 없어요
열정과 노력이
하루의 의미를 새롭게 만들어 가요

북극성이 사랑받는 이유

항상 제자리를 지켜서
특별한 별이 되었어요

계절 따라 하늘의 좌표가 바뀌는
다른 별자리들과는 달리
오늘도 자신의 자리를 지키고 있네요

언제나 북쪽 하늘을 상징하여
오랫동안 여행객들의 사랑을
지속적으로 받아왔어요

반짝반짝 반짝반짝
밤하늘의 빛나는 별빛이
변덕스러운 인간들에게
제 자리 지키는 것이 아름다움을
오늘 밤에도 가르쳐 주네요

한결같이 제자리에 있어서
사랑을 받는 별
북극성을 바라보면서
삶의 교훈을 생각하네요

좋아서 하는 일

참으로 신이 납니다
룰루랄라 룰루랄라
힘이 들어도
콧노래가 절로 나옵니다

일의 중요성에 대한
사람들의 평가와는 상관이 없어요
이 소리, 저 소리 다 무시하고
일에만 집중을 합니다

내가 관심이 있어서 하게 되고
내가 적극적으로 행하는 일이기에
새봄에 피어나는 꽃들처럼
향기롭고 보람된 일이 됩니다

방관자가 아니라
최선을 다하게 되는 원동력은
좋아서 하는 일이고
기뻐서 하는 일이기에 가능합니다

감동이 다가옵니다
−시인의 마음

살랑살랑 바람결에
감동이 다가옵니다

쨍쨍쨍 햇볕마저도
의미가 다릅니다

짹짹짹 참새소리가
노래 가락으로 들려오고요

잡초에 불과하지만
풀 한 포기가 새롭게 보이네요

곰곰이 생각해보니
친구의 말 한마디가 새롭기만 해요

스쳐 지나간 일들이
무언의 자극이 되어
다른 생각을 떠오르게 하네요

무엇을 보고 경험해도
끊이지 않는 감동이 솟아나
시인의 하루는 즐겁기만 합니다

담쟁이덩굴

힘들게 벼랑을 오르는 것은
새로운 희망이 돋아나기 때문입니다

깎아지른 절벽이라도
푸른 싹을 틔울 수 있는 것은
소망이 있기 때문입니다

꿈을 갖고 자라나는 줄기마다
황녹색 꽃을 피워 기쁨이 되는
일상들은 모두 미래가 있기 때문입니다

그 향기에 취한
나비들이 춤을 추며
불안한 마음에 평안을 줍니다

곡예사들처럼
벼랑을 타고 푸르게 자라나는
도전적인 모습이 바로
아이들의 꿈입니다

달맞이꽃

모든 만물이
잠든 밤중에
살며시 꽃잎을 펼칩니다

은은한 달빛이 좋아서
반짝이는 별빛이 그리워서
밤하늘을 향하여 꽃잎을 펼쳐
자신의 모습을 드러냅니다

시끄러운 낮을 피하여
조용한 밤에 피어나는
달맞이꽃의 지혜와 마음을 읽으니
새롭게만 보입니다

어두운 밤에도
곤충들이 노래를 부를 수 있는
평화로운 밤이면
세상을 만드신 조물주의 은혜와 계획을
이 작은 꽃잎이 말해 줍니다

조용한 밤의 세계에서
살며시 꽃잎을 펼쳐
아름다운 세상을 위하여
꽃향기를 퍼트립니다

단절은 곧 고독입니다

단절은 고독하게 합니다
코로나의 시대가
가르쳐준 교훈입니다

넓은 세상이지만
혼자만의 단절된 삶은
창살 없는 감옥보다도 못합니다

우정과 애정
관심과 격려는
거대한 담론보다도
안부 전화 한 통이 통로가 됩니다

넓고 넓은
우주공간에 떠 있는
우주 비행사를 생각해봅니다

인류를 위한
우주 개척의 선구자들
사명감이 없다면
넓디넓은 우주는
고독한 장소가 되겠지요

당신과 함께하는
한 잔의 커피가
사랑의 연결선이 되고요
고독에서 벗어나는 길이랍니다

단절은 혼자가 되기 때문에
오늘도 나를 만나주는
사람들에게 감사해야 합니다

깨달음의 행복

갑자기
힘들었던 하루가
깨달음으로
꽃길이 되네요

생각 없이 걸을 때에는
길가의 꽃들이
이쁘게 보이지 않았어요

감성이 회복되고 보니
삶의 의미를 깨달아
꽃들의 향기가 느껴집니다

깨달음을 통하여
참된 삶의 의미를 알게 되니
오늘도 신이 나는 꽃길이 되네요

내일이 주는 행복

내일이 있어 행복합니다
왜냐하면 이 순간의 노력이
미래의 원동력이기 때문입니다

오늘의 결과와 상관없이
노력하다 보면
밝은 미래의 꿈을 이룰 수 있어요

내일을 보지 못하고
과거의 영광에만 사로잡힌 자는
스스로 불행을 자초하는 사람이지요

내일은 기대와 희망의 시간
아픔과 슬픔이 많았어도
오늘에 마음을 다하다 보면
삶이 밝아지는 원동력이 되지요

내일은 한 번도 경험하지 못한
새로운 것을 행할 수 있는 시간이기에
누구에게나 소중하지요

내일이 있기에 소망을 갖고
순간순간 최선을 다할 수 있어
오늘도 기쁨이 넘쳐나지요

♬노래는 즐거워

벌 나비가 오지 않는 꽃

나만의 성을
쌓아놓고 자랑하는
어리석은 사람들
혼자서 이룬 업적이라고
외칠 때마다 외로워진다

아무리 잘났다고 소리쳐도
들어주지 않는 세상
섬김이 없는 삶은
외로움에서 벗어날 수 없다

햇빛의 따사로움과
밤을 밝혀주는
달빛의 고마움을 감사할 때
향기로운 꽃을 피울 수 있는 것이
진정한 우리의 삶

벌 나비들의 도움을 외면하며
혼자만이 잘났다고 고집하면
주변의 사람들이 모두 떠나기 마련

자신만을 위한 삶은
결코 향기로운 꽃을 피울 수 없다

♬노래는 즐거워

다색다양의 구성과 천진난만의 미학으로
그려낸 연작동시의 세계

조신권

문학평론가·시인·연세대 명예교수

21세기 현대인들은 복잡한 것을 기피하고 단순한 것을 선호하는가 하면 획일적인 것을 싫어하고 다양한 것을 좋아하는 경향이 많다. 이런 의식의 변화를 외면하면 공감과 감동을 공유하는 문인이 될 수 없다. 독자들이 읽기 힘든 소설과 시, 그것이 과연 무슨 의미가 있을 것인가? 쉽다고 해서 일상을 반복해서 그대로 옮겨놓으면 독자는 외면한다. 시든 소설이든 창작의 길을 걷는 사람은 고뇌하면서 서로 결이 좀 다른 소재와 언어를 찾아내려고 몸부림치고 변화하는 시대의 흐름을 받아들이는 동시에 의식이나 용어나 문체에도 변화를 주어야 하고, 누구도 이해할 수 있고, 공감할 수 있는 작품을 정성껏 써내야 환영을 받는다. 그걸 알면서도 괜히 멋을 부리고 잘난척하느라고 그렇게 하는 시인들이 많지 않다. 그게 안타까울 뿐이다. 차제에 좀 더 치밀하고 촘촘한 형상화가 이루어졌으면 하는 아쉬움은 있지만, 그래도 신충훈 시인이 다색다양(多色多樣)의 구성과 천진난만(天眞爛漫)의 미학으로 쉽게 짜 비단 같은 연작동시를 내놓아 선을 보여주어서 무지개를 보고 가슴이 뛰는 것처럼 평자의 가슴이 설레며 고동친다.

신충훈 시인은 총신대학교와 총신 신학대학원을 졸업하고 안수를 받은 목사이고, 서울대학교 대학원에서 문학석사와 문학박사를 받은 언어학자이며, 이스라엘로 국가 장학금으로 유학을 가서 예루살렘 히브리 대학을 수료하고 돌아와, 총신대학교에서 근 30여 년간 외래교수로서 강의하면서, 『논술을 위한 논리─성경 속 논리 따라잡기』와 『라틴어 입문 사전』등, 인문학적인 관심과 지식을 추구하는 사람이라면 누구라도 꼭 읽어봐야 할 책들을 썼다. 시집(동시 포함)으로는 『꿈이 있는 나무』『노래하는 꽃나무』『씨앗의 비밀』『꽃잔디의 노래』『향기가 나요』『노래는 즐거워』등이 있고, 동화집 『꼴찌대장 꽥꽥이』도 출간했다. 월간 신문예 아동문학 및 시 부문 신인상으로 등단 이후, 그가 발표한 작품의 문학성과 특히 아동문학에 기여한 업적과 공로를 인정받아 탐미 문학상 동화 부문 수상 (2006), 짚신 문학상 아동문학 부문 수상(2009), 박화목 문학상 수상(2010), 오늘 문학상 수상(2013), 월파 문학상 수상

(2015), 제3회 대한민국문화예술 명인대전 시 부문 명인상 수상 (2017), 하이데거 문학부분 대상(2020) 등을 받기도 하였다. 현재 총신대학교 신학대학원 시간강사(전임교원으로 교육부에 등록) 및 대한 예수교 장로회 예수인교회 협동목사로서 섬기고 있다.

현실적으로 매우 어려운 처지에 있으면서도 신충훈 교수·시인은 그 어려움과 시련을 잘 극복해내며 꾸준히 시집과 동화집을 창작해 출간하고 있다. 그는 나의 제자요 내가 정신적으로 지지 후원하고 있는 잔잔히 흐르는 별이며 여러 가지 분야에 조예가 깊은 잡학자(雜學者)다. 그런 풍부한 상식과 지식 그리고 생활 체험을 일상을 뛰어넘는 눈으로 생생하게 그려내고 있다. 이런 그의 생산력을 나는 그가 믿는 확고한 신앙과 동화에서나 볼 수 있는 '거북이의 힘'에서 기인되는 것으로 본다. 잘 알다시피, 거북이가 토끼와의 경기에서 보인 토끼보다 느리고 재치도 없지만 쉼 없이 일관되게 지속해서 나아가는 구동 에너지는 태산을 옮길 수 있을 만한 힘이라 할 수 있다. 시가 좋다 나쁘다 불문하고 계속해서 하루도 건너지 않고 써서 끊임없이 낸다는 게 소중하고 중요하다. 얼마나 팔릴지도 모르며 또한 기대도 하지 않으며 그저 좋아서 자기의 느낌과 생각을 누군가와 공유하고 같이 그 영토를 널리 같이하고 싶어서 시집을 낸다는 게 말이 그렇지, 어디 그리 쉬운 일인가? 나는 그의 그런 쇠심줄 같은 인내력과 만난을 헤쳐나가는 뚝심과 천진난만한 호기심과 순진한 동심을 좋아하며 이를 격려하며 상찬하는 바이다. 모르기는 해도 아마도 앞으로도 창작집을 계속 낼 것이고 동화집과 창작 시학 같은 책도 낼 것으로 본다. 나는 그의 이런 소망스러운 앞날을 축복해주고 싶다.

　신충훈 시인은 생명과 어린이들에 대한 깊은 관심과 긍정의 마음을 늘 갖고 있는데, 그것이 그의 작품의 프레임이 되고 있다. 그는 자신의 작품에서 좌절하기보다는 좌절을 딛고 일어서는 희망을 보여주고 있으며, 슬픔 많은 세상에서 울지 않고 그것을 삭여 노래로 엮어내는 밝고 청어처럼 햇빛을 향해 튀어 오르는 미래의 비상과 도약을 반영해 주고 있다. 우리가 글을 쓰는 이유는 삶과 인생이 즐겁고 좋아서이기도 하지만 혼돈과 불공평으로 얼룩진 세상을 보고 참아낼 수가 없어서 일종의 저항하기 위해서 쓰는 역설과 아이러니적인 언표도 있다. 신충훈 시인에게도 그런 울분과 역겨운 불공평에 대한 저항하고 싶은 것이 없지 않을 것이다. 그것을 직설적인 저항보다 순수한 노래와 이야기로써 엮어내는 것이 신충훈 시인의 독창적인 역설이요 신앙적인 표현이라 할 수 있다. 이런 시 정신이 그의 작품 속에 어떻게 녹아 스며들어 있으며 어떻게 형상화되어 있는지 그의 몇 작품을 분석 해설하면서 살펴보겠다.

-연작동시집 『노래는 즐거워』의 주제와 구조-

　신충훈의 제6연작동시집 『노래는 즐거워』의 주제는 '노래는 즐겁다'라는 것이다. 이 시집에서 초점이 맞춰진 키워드는 '즐겁다'보다는 역시 '노래'(song)라는 말이다. 어른들이 부르는 노래를 '가요'라 하지만 일반적으로 '노래'라 하지는 않는다. '노래'는 대개 어린아이들이 부르는 꿈이 서리고 희망이 속삭여지는 풀들의 노래와 같은 순수 무구한(innocent), 천국에서 천사들이 노래하는 찬미가와 다름없는 때와 티가 묻지 않는 노래를 일컫는다. 이런 순진하고 무지개를 볼 때 가슴이 떨리는 것과 같은 '어린아이의 눈'으로 본 순수 무구한 주제를 담는데 가장 잘 어울리는(decorum) 서정시의 형식은 일종의 서구의 소네트(sonnet)와 같은 정형 서정시라고 생각한다. '소네트'라는 말의 어원은 '작은 소리' 혹은 '작은 노래'(little song)를 의미하는 이탈리아어의 '소네토'(sonetto)에서 유래했다. 처음에는 이탈리아 시인 단테와 페트라르카 등이 쓴 18행의 시 형식으로 악기를 연주하며 노래하는 연애시를 의미했었다. 그러나 16세기 초 와이어트에 의해 영국에 도입된 후에는 영국 특유의 14행시 형태로 정착되었다. 소네트는 보통 14행이지만 성경에 나오는 소네트는 대개 10행 정도로 들쑥날쑥하고, 존 홉킨스(John Hopkins)는 6행으로 된 단축형 소네트를 즐겨 사용하기도 하였다.

소네트는 보통 14행으로 끝나지만, 어떤 소네트는 하나의 주제 아래 여러 개의 연작(sequence) 소네트의 형태로 쓰기도 한다. 소네트 모음집이란 특정한 개인이나 특정한 주제에 관해 쓴 일련의 소네트로서 '사랑'이 가장 흔한 주제가 된다. 이런 모음집의 장점은 각각이 하나의 독립된 시로 존재할 수 있으면서도, 시인으로 하여금 많은 경험의 다양한 양상과 분위기를 담아낼 수 있고, 느낌들을 자세히 분석하며 사건의 부침과 변화를 기록

할 수 있게 해준다는 점이다. 대체적으로 소네트 연작은 같은 주제를 중심으로 엮어지므로 소네트가 갖는 단점을 보완할 수가 있어서 셰익스피어도 썼고, 존 던(John Donne)이나 존 밀턴도 사용하였다.

시인들의 가장 원숙한 감정이나 사상을 짧은 시행으로 온전히 표현한다고 하는 것은 난제 중 난제라 할 수 있다. 그래서 시적 높은 경지에 오른 셰익스피어나 밀턴 같은 시인들은 14행시를 쓰되 대부분 연작으로 썼던 것을 볼 수 있다. 신충훈 시인도 그의 무르익은 아동심리를 살려서 아동 독자들에게 꿈과 희망과 부푼 기대를 주는 행수에 구애를 받지 않는 연작동시를 썼다. 물론 연작시를 처음부터 쓰겠다고 작심하고 쓰는 시인은 드물다. 대개 연작시는 수시로 시인들이 겪은 그대로 그때그때 생기는 계기와 동기에 따라서 읊는 노래 곧 수영시(隨詠詩, occasional poem)들이 대부분인데, 나중에 시집으로 상재할 때는 연대별 순으로 편집하는 것이 아니라 같은 주제끼리 묶어서 한 파트를 구성하는 것이 상례이므로 자연스럽게 작시 연대와는 상관없이 주제를 중심으로 한 연작시로 묶여지게 된다.

신충훈 시인의 제6시집 『노래는 즐거워』는 1부 "동시가 있어 기뻐요" 16편, 2부 "자연의 세계는 예뻐요" 20편, 3부 "사람이 좋아요" 16편, 4부 "둘의 기적" 12편, 5부 "깨달음의 행복" 11편 도합 5부 75편으로 구성되어 있다. 이 중에서도 3부까지는 "노래는 즐거워"라는 연작동시로서 모두 52편의 시가 여기에 포함되어 있다. 연작시의 자전적인 의미는, 서상한 바와 같이, '여러 시인이나 한 시인이 하나의 주제 아래 내용상 관련이 있게 여러 개 쓴 것을 하나로 만든 시'를 가리킨다. 대개 한 소재나 주제를 가지고 단독시를 쓰다가 웬만큼 노숙해지고 자신이 생기면 한 주제나 한 인물 또는 대상을 가지고 여러 개를 써서 한 시집으로 묶는데, 그것이 연작시다. 그러니까 연작시를 시도한다고 하는 것은 어느 정도 시력이 생기고 시적인 훈련과 철학을 갖추었을 때 이루어지는데, 그것도 대개는 성인시가 주가 된다. 그런데 신충훈의 연작시가 남다른 것은 동시 연작이라는 것이다. 과문한 탓인지는 몰라도 연작동시를 쓴 것을 본 일이 거의 없다. 자칫하면 단색으로 끝나 무미건조할 수 있는 내용을 다색다양의 구성으로 엮음으로써 그런 한계를 극복한 것은 아주 탁월한 문학적인 재능의 행사라 할 수 있다.

　　−일색의 획일주의를 넘어서는 다색다양의 구성 돋보여−

　톨스토이의 유년 시절을 담은 책 가운데 이런 애기가 나온다고 한다. "빨간 색연필로 토끼를 그린 톨스토이의 그림을 보고 어른들이 놀래서 '애야, 세상에 빨간 토끼가 어딨니?'라고 하자, 톨스토이는 이렇게 대답했다는 것이다. '세상에는 없지만 그림 속엔 있어요.'[1] 세상엔 없지만 그림 속에는 존재하는 것, 그것이 바로 창작자들이 추구하는 상상력의 세계라 할 수 있다. 미국의 색채연구가

---

[1] 김민희 지음, 『이어령, 80년 생각』(서울 : 위즈덤하우스, 2021), 321 참조.

먼셀(Albert Monsell)은 세상엔 보이든 보이지 않든 간에 4,653가지 색채가 있다고 한다. 그런데 우리는 유독 일색(一色)을 좋아한다. 정치, 경제, 사회가 다 한 가지 색이 지배하는 일색을 추구하는 경향이 너무나 짙다. 그래서 독창적인 작품이 나오질 않는다. 그래서 미래도 없다. 획일주의를 지양하고 다색다양의 세계를 추구하여야 재미있고 신나는 새로운 세계가 이루어진다.

세상에 있는 인종이야말로 다양하고, 생활풍습도 다양하며, 신앙하는 종교도 각기 다르고, 영토도 다르며, 위세와 세력도 각기 다르다. 전체주의나 획일주의는 매우 위험하다. 정치, 경제, 사회 면에서만이 아니라 문학에 있어서도 획일주의는 문학의 생명을 죽일 수가 있다. 우리가 시의 소재로 삼는 대상도 천태만상이고 서서 보는 입지도 각기 다르다. 같은 시인이 같은 소재를 다루더라도 보는 시선과 장소 또는 위치에 따라, 시간과 공간에 따라, 각기 다를 수가 있다. 신충훈 시인은 이런 점에 초점을 맞추고 같은 '노래는 즐거워'라는 소재의 연작동시를 썼지만, 일색을 지양하고 다색다양의 구성을 보여주는 것으로써 다른 시인들과 차별성을 갖게 한다. 이런 시적인 정신이 신충훈의 시집 속에 어떻게 녹아들어 형상화되어 있는지 살펴보겠다. "노래는 즐거워" "1번시"를 보자.

노래해요
마음을 다해
멜로디 따라
기쁨으로 노래해요

새들이 끼리끼리
꽃들이 방실방실
장단에 맞춰 노래해요

산들산들 산들바람
졸졸졸 시냇물
휘파람 소리 내며 노래해요

– 「노래는 즐거워(1)」 전문

이 시는 10연으로 이루어진 '노래는 즐겁다'는 것을 천진난만의 눈으로 그려주고 있는 동시다. 이 시에 흐르는 전체 무드에 따르면, 마음이 담긴 인생 멜로디에 맞추어서 마음을 다해 노래를 불러야 기쁨이 전달되고 희망과 위로를 맛볼 수 있다고 한다. "1번시"에서 보는 바와 같이, 이 시집에 실려 있는 연작동시 52편의 특색은 시 모두가 '노래합니다'로 1행을 시작하고 있었으며, 그것이 시의 포커스를 이루고 있었다. 그러나 다색다양을 추구하기 위하여 교정할 때에 이 원칙을 변경하였다. 그러고 나서 시인은 2행으로 넘어가, '노래하는 자세'를, '노래하는 수단'을, '노래하는 상황'을, '노래하는 대상'을, '노래하는 때'를, '노래하는 장소' 등을 각기 달리하여 시의 소재와 주제를 다색다양의 구성으로 형상화하고 있다. "1번시"는 '노래하는 자세'를 '마음을 다해'로 제시하는데 반해, "2번시"에서는 '정성을 다해'로, "38번시"에서는 '웃는 얼굴로'로, "46번시"에서는 '춤을 추면서'라고 제시한다. 52편들의 시 1행만 보면, '노래합니다'라는 한 어구, 그 일색으로 표현되어 있어서 시가 경직되는 듯한데, 평설자의 조언을 받아들여 이를 수정하였다. 그리고 2행 이후의 행으로 넘어가면 시를 노래하는 자세와 상황, 수단과 대상, 때와 장소가 각기 다르게 구성되어서 노래가 유연해지고, 그 노래의 세계는 기쁨과 희락, 조화와 질서, 노래와 춤, 광명과 축복이 넘치는 하늘나라를 연상하게 해준다. 노래는 어른들보다 아이들에게 어울리고 그런 노래를 부르는 아이는 무엇보다 기쁨이 넘친다. 그런 의미에서 어린아이가 하늘나라에 제일 가깝다. 이렇게 볼 때 52편의 연작동시는 단순한 기쁨으로 가득 찬 지상나라가 아니라 기쁨을 생명 원리로 하는 하늘나라가 하늘에서 이루어진 것처럼 땅에서도 이루어지는 듯한 느낌을 갖게 한다. 늘 웃는 얼굴로 정성을 다해 노래하며 기쁨을 넘치게 누리는 세계가 있다면 하늘나라가 아니고 무엇이겠는가?

"노래는 즐거워(3)"을 보자.

친구들과 학교에 가며
고운 소리로 노래해요

가락에 맞춰 손뼉을 치며

즐거운 마음으로 노래해요

꽃들도 나무들도 손을 내밀며
우리와 함께 춤을 추며 노래해요

우리는 좋은 친구
함박웃음 지으며 노래해요

– 「노래는 즐거워(3)」 전문

이 시는 어떻게 노래할 것인지를 제시해주는 시다. '노래'는
하되 '고운 소리'로 가락과 화음을 담아(45번시) 아이들과 함께
(37번시) '고운 소리'(3번시)로, 일상의 생활로(4번시) 부르면,
바쁜 일상에 낭만의 꽃이 피고 모두를 위한 조화로운 세상이
된다고 한다. 종교개혁의 거성 존 칼뱅이 1557년 6월에 발간한
『시편』 주석에서, "우리를 잘못으로 인도하지 않고 보다 나은
생으로 끌고 가는 원리를 우리는 시편 이외에서 찾아볼 수 없
다. 한마디로 말하자면 시편에서 우리는 인간이 하나님 안에서
안식을 얻고 그에게서 오는 행복만을 찾도록 가르치고 어떤 고
난 속에서라도 다만 하나님만 믿고 의지하여 그 도움을 구하라
는 것을 가르쳐 주는 하나님의 선을 찾는 동시에 우리와 하나
님 사이에 끊어진 교제를 회복시키고 우리를 그 안에서 편히
쉬게 하는 사죄의 은총을 자유로이 받을 수 있는 확신을 가르

쳐 주기 때문에 영원한 구원을 얻는 지식 중에 하나도 부족함이 없는 것을 이 책에서 배울 수 있음을 알 수 있다"[2]라고 말한 대로, 시인은 『시편』과 같은 '노래'야말로 보다 나은 생으로 끌고 가는 원리를 아이들에게 보여준다고 한다. 화음을 더하고 바쁜 일상에 낭만이 꽃을 피우고 모두를 위한 조화로운 세상을 이루게 하는 것이, 즉 노래라는 것을 가르쳐주는 것이, 싸우고 분열하고 무미건조한 세상을 만드는 원리를 가르쳐주는 것보다 백번 낫지 않겠는가?

"노래는 즐거워(10)"을 또 보자.

책장을 넘기며
콧노래를 불러요

지은이 모두에게
감사를 하면서

한 장 두 장
책장을 넘겨요

지혜에 감탄하여
노래를 해요

---

2) John Calvin, Commentaries : Psalms, vol. 1 (Michigan, 1949), 37-39.

이 시는 노래하여야 할 상황을 제시해주는 시다. 이 시에서는 '책장을 넘기며'라도 노래하자고 한다. 소중한 생각을 멋진 글로 남겨준 책을 지은 모든 분들에게 감사를 하면서 한 장, 두 장 책장을 넘겨서 감탄할 만한 지혜를 배우며 노래하자는 것이다. 이것을 "11번시"에서는 '묵상을 하며', "14번시"에서는 '시계 바늘을 보며', "17번시"에서는 '낙엽을 보며', "19번시"에서는 '첫눈을 보며', "20번시"에서는 '해님을 보며', "26번시"에서는 '꽃잎의 미소를 보며', "27번시"에서는 '빗방울을 보며', "29번시"에서는 '장마철 햇살을 보며', "31번시"에서는 '떨어지는 낙엽을 보며', "34번시"에서는 '아름다운 단풍을 보며', "39번시"에서는 '지휘자를 보며', "40번시"에서는 '연인들을 보며', "41번시"에서는 '청춘남녀를 보며', "44번시"에서는 '어린 딸을 보며', "49번시"에서는 '주님의 말씀을 보며', "51번시"에서는 '엄마 손을 잡고 나들이를 가면서' 함께 노래하고 가락을 맞추고 화음을 모으자고 한다. 그렇게 하면 기쁘게 감사하는 생활을 할 수 있다는 것이다. 어디로부터 손을 대야할지 모를 정도로 황폐해진 현대인들이 먼저 회복하여야 할 것은 다 함께 노래를 불러 찬양과 감사를 회복하는 것이다. 하늘나라에는 불평과 미움이 있을 수 없는 광명한 세계다. 노래의 세계를 한 차원 승화시키면 하늘나라가 된다. 특히 어린 아이들의 노래가 회복되어야 가정의 화목이 이루어지고 가정 천국이 이루어진다. 감사하는 생활이 다시 빛을 발하게 되기를 바란다.

"노래는 즐거워(6)"을 보자.

기쁠 때나
슬플 때도
노래를 합니다

마음이 담긴
사랑의 노래는
선율마다 감동을 줍니다

낭랑한 목소리는
허공을 맴돌던 구름도 내려와
관객이 됩니다

마음을 담아 노래를 하면
하늘의 달님도 별님도
함박웃음 지으며 노래해요

– 「노래는 즐거워(6)」 전문

이 시는 노래의 성격을 제시하는 시다. 마음이 담긴 선율을 따라 낭랑한 소리로 마음을 담아 사랑의 노래를 부르면 그녀의 얼굴에는 미소가 돋아남으로 노래하자는 것이다. "6번시"에서는 '사랑의 노래'를 부르자고 했지만, "9번시"에서는 '큰 소리로 흥겨운 노래'를, "12번시"에서는 '행복한 노래'를, "30번시"에서는 '가을바람의 위력'을, "32번시"에서는 '꽃들의 미소'를, "50번시"에서는 '어깨동무 친구들의 우정'을 노래하자고 한다. 하나님을 의지하고 눈물로 씨를 뿌리면 기쁨으로 수확을 거두는 것처럼 사랑의 노래를 부르면, '흥겨운 노래'를 부르면, '행복한 노래'를 부르면, 그 얼굴에 미소의 꽃이 피어나리라고 한다. 사람들의 얼굴에서 눈물이 마르고 웃음만 피어나는 곳이 바로 천국이다. 이것이 어린아이들이 부르는 '노래의 위력'이라 할 수 있다.

"노래는 즐거워(7)"를 보자.

토닥토닥 비 내리는 날
천둥 번개 소리 높여
우르르 쾅쾅 노래해요

동에 번쩍
서에 번쩍
큰 소리로 노래해요

목이 마른 풀잎 위에
빗방울이 떨어지니
기분이 좋아 노래를 해요

– 「노래는 즐거워(7)」 전문

이 시는 비 오는 날에 눈물조차도 흘리지 못하며 슬픈 나날을
보내고 있는 세상의 모든 사람들을 위하여 빗방울을 보면서 노
래를 하자는 시다. 다른 곧 "13번시"에서는 '슬픔의 순간에도',
"18번시"에서는 '엄동설한'에도, "21번시"에서는 '동짓달 섣달'에
도, "24번시"에서는 '아침 햇살'에도, "25번시"에서는 '계절의 문
턱에서'도, "28번시"에서는 '비 오는 날'에도, "35번시"에서는
'바람 부는 날'에도 노래하자고 한다. 어떤 고난과 환난 속에서
도 입으로 범죄하지 아니하고 모든 사람들의 영혼을 생각하며
기도하고 노래하면 그 위기가 극복되고 환난이 변하여 형통으
로, 눈물이 변하여 웃음으로 나타나리라는 것이다. 이런 변화야
말로 놀라운 기적이 아니라고 할 수가 없다.

"노래는 즐거워(22)"를 하나 더 보자.

꽁꽁꽁 꽁꽁꽁
얼어붙은 세상에서

더욱더 신이 나는
얼음 위의 요정들

룰루랄라 룰루랄라
아름다운 몸놀림이

얼어붙은 세상을
동화 나라로 만들어요

– 「노래는 즐거워(22)」 전문

이 시는 얼음 나라에서 꽁꽁꽁 꽁꽁꽁 얼어붙은 세상에서 더욱더 신이 나는 얼음 위의 요정들이 룰루랄라 룰루랄라 아름다운 몸놀림으로 얼어붙은 세상을 동화 나라로 만드는 리듬 따라 동작 따라 마음 합쳐 노래하자는 시다. 다른 시에서는 이런 곳에서도 노래하자고 한다. "23번시"에서는 '눈 내리는 세상'에서도, "42번시"에서는 '고목 위'에서도, "43번시"에서는 '불의한 세상'에서도, "48번시"에서는 '전통 시장에서'도 '노래'하자는 것이다. 찬미와 노래는 성전에서만 부르는 것이 아니라 세상 어디서나 하나님의 은혜를 생각하며 늘 감사하고 찬미하며 노래 불러야 한다. 그래야 하늘나라가 임하고 하늘나라와 같은 세계가 이 땅에서도 이루어지게 된다.

서상한 바와 같이, 신충훈은 시편 시인은 시편 149편에서 호

흡이 있는 자마다 새 노래로 하나님을 찬양하라는 시편 시인과 같이 어린 아이들이 부르는 노래로써 그 세계를 구현하고자 했다. 시편 시인은 거룩한 옷을 입고(29:2), 뛰놀며, 노래하며(68:3-4), 새 노래로(96:1, 98:1), 소고치고 춤추며(150:4), 찬양하며(150:4), 나팔, 비파, 수금, 소고, 현악, 관악, 통소, 제금, 피리를 동원해서(150편) 찬양하라고 한다. 신충훈 시인도 시편을 언어학적으로 연구한 목사답게 시편의 시인이 말하는 대로 피조물은 하나님을 어디서나 어떤 경우와 상황에서도 노래하여야 한다고 크게 외친다. 그렇게 노래하면 즐겁고 기쁘고 행복하다는 것을 다색다양의 구성으로 제시하고 있다. 특히 동시를 연작으로 썼다는 것 자체가 독창적이고 돋보인다.

- 천진난만의 미학으로 그려낸 연작동시의 세계 -

'천진난만의 눈'이란 단적으로 말하면 '동심의 눈'을 가리킨다. '동심의 눈'은 사심 없는 욕심의 비늘이 덮여 씌워져 있지 않은 '투명한 눈'을 가리킨다. 이 투명한 눈(transparent eye)으로 사물을 살피면 어디나 꽃이 활짝 피어 있고, 어디서나 팔베개하면 뭉게구름이 보이고, 매미 소리도 들린다. 주변의 모든 것을 '마음의 눈'으로 바라다보면 사방 온 세상이 눈부시게 아름다워 '천국'이 따로 없게 되기도 한다. 모든 것을 천국으로 인식하는 눈이야말로 천진난만한 '동심의 세계'가 아니겠는가? '시이불

견'(視而不見)'이라는 말이 있다. "보기는 보는데 보이지 않는
다"는 말이다. '청이불문'(聽而不聞)'이란 "듣기는 듣는데 들리지
않는다"는 말이다. 보고 듣는데 왜 안 보이고 안 들릴까? 마음
특히 동심이 없어서다. 애초 찬찬히 보고 들을 마음이 없이 건
성으로 대하면 사물이 명징(明澄)하게 보이질 않는다. 사물을
보는 것은 눈이지만 그 눈은 오직 우리의 마음이 가는 곳에만
신경을 집중한다는 것이다. 그래서 눈이 보는 것이 아니라 우리
마음이 본다고 한다. 신충훈 시인은 '마음의 눈'(mind's eye)
곧 '어린아이의 눈'(infant's eye)으로 하늘과 산, 풀과 꽃, 구름
과 새 둥지, 나무와 샘물, 이런 자연 만물을 '좋다' '나쁘다'라고
식별하질 않고, 있는 그대로 받아들임으로써 주체와 객체가 하
나로 통합되는 순수무구의 세계로 본다. 환언하면, '나'와 '너'
또는 '주체'와 '객체'가 둘이 아니라 하나라는 '합일의식' 곧 '불
이의식'(不二意識)을 갖게 되는 것이다. 보는 자와 보이는 것이
하나로 합일되는 즉 '주체'와 '객체'를 통합적으로 인식할 때 나
타나는 마음의 상태가 곧 천국과 같은 것이다. 신충훈 시인은
존재 자체가 시각에 집중되는 '감각 그 자체'인 유아의 에센스,
곧 '직관적 수용력'(intuitive capacity) 그 자체를 갖고 시작
(詩作)을 한다. 그에게 있어서 '유아의 눈' 또는 '단순한 눈'
(simple eye) 그 자체가 참된 기쁨의 보고(寶庫)이고, 눈부신
아름다움의 세계다. 천국은 마음이 가난한 자 곧 순수하게 보는
자에게만 나타나는 것이다. 모든 부패에서 자유로운 단순한 빛,
곧 '순수한 유아의 눈'만이 황금 트로피를 보듯이 '하늘의 보고'

곧 '천국'을 볼 수 있다.

"샘물의 기쁨1"이라는 시를 보자.

퐁퐁퐁 퐁퐁퐁
솟아납니다

목마른
영혼들을 위해

퐁퐁퐁 퐁퐁퐁
쉬지 않고서

시원한 생수로
늘 목마르지 않습니다

– 「샘물의 기쁨1」 전문

이 시는 4연으로 구성된, 퐁퐁 솟는 샘물을, 시각에 집중되는
'감각 그 자체'인 유아의 에센스, 곧 '직관적 수용력'(intuitive
capacity)을 갖고 형상화한 시다. 샘물이 솟아나는 모습을 직관
적인 수용력으로 파악해서 그대로 보이게 형상화한 것이 침묵
의 언어 '퐁퐁퐁 퐁퐁퐁'이라는 의성어다. 신충훈 시인은 아이가

아니라 60에 접어든 어른이다. 그런데도 여기서 보는 바와 같이, 시인은 '퐁퐁퐁 퐁퐁퐁' 같은 아이들이 즐겨 쓰는 의성어를 아무런 거침없이 쓰고 있다. 그것은 어른이어도 동심을 노래할 때는 어린아이들의 삶의 자리로 내려가 어린아이들이 느끼고 생각하며 사용하는 언어 감각과 아이들의 직관력으로 돌아가, 순화된 정서와 꿈과 희망을 돌이켜 볼 수 있기 때문에 가능한 것이다.

영국의 19세기 낭만파 시인의 대표자라 할 수 있는 윌리엄 워즈워스(William Wordsworth, 1770−1850)는 그의 자전적인 성장 과정을 총 13권에 걸쳐 담아 쓴 『서곡』(Prelude)에서 "어린이는 어른의 아버지"라는 사실을 보다 구체적으로 밝히고 있다. 이 시편들에서 워즈워스는 아이들이야말로 "감각의 성화(聖火), 순수한 감동"을 보여주는 "능동적인 우주의 동거자"이며, "영적 매력" 그 자체라고 한다. 그러나 아이들이 소유하고 있는 "우리 인간의 삶의 최초의/시적 영혼(靈魂)"은 "세월의 획일적 통제에 의해/감소되고 억압"되는 과정을 거치게 되면서, "무한과 대화하거나 무한을 향하는" 상상력은 단단하게 굳어지고 쇠퇴해져 가고 있다고 한다. 그러면 더 이상 '무지개'를 바라보며 가슴이 뛸 수가 없고 '퐁퐁퐁 퐁퐁퐁 솟는 샘물'을 보고 순수한 감동을 느낄 수 없을 것이다. 샘물이 쉬지 않고 퐁퐁 솟아오르는 모습을 보면서 목마른 영혼에게 시원한 생수를 제공해 주는 것을 볼 수 있다는 것은 감각이 성화되어 있기 때문이다.

"깨달음의 행복"이라는 시를 보자.

갑자기
깨달음으로
힘들었던 하루가
꽃길이 되었어요

생각 없이 걸을 때에는
길가의 꽃들이
이쁘게 보이지는 않았어요

감성이 회복되고 보니
삶의 의미를 깨달아가며
꽃들의 향기가 느껴집니다

깨달음을 통하여
참된 삶의 의미를 알게 되니
오늘도 신바람이 나는 꽃길이 되네요

- 「깨달음의 행복」 전문

이 시는 4연으로 이루어진 '깨달음의 행복'을 노래한 시다. 어
린아이들은 새로운 것을 보거나 놀라운 일을 당할 때면, 누구보

다 신기해하고 경이로워 손뼉 치며 노래하고 춤을 출 정도로 신선하게 순수하게 반응한다. 세상에 묻혀 먼지만 뒤집어쓰고 의식주 문제만 생각하던 인생길에 어떤 계기로 인해 갑자기 '깨달음의 감각'이 살아났다는 것이다(제1연). 생각 없이 걸음을 옮길 때에는 길가의 꽃들을 보지 못했는데(제2연), 새로운 '어린아이의 눈'이 떠져 깨달음을 갖고 인생길을 보니 길가의 꽃들이 보이고 돌길이 아니라 꽃길이 된다는 것이다. 인식과 마음가짐 및 체험양식에 따라 인생이 달리 보이게 되는 것이다. 그런 체험을 제3연과 4연에서는 이렇게 표현한다. "감성이 회복되고 보니/삶의 의미를 깨달아가며/꽃들의 향기가 느껴집니다 //깨달음을 통하여/삶의 참된 의미를 알게 되니/신바람이 나는 꽃길이 되네요."

산속의 옹달샘을 보거나 길가의 형형색색의 꽃들을 보면서도 지루하고 따분하기만 하고 아름다움이나 경건함을 느낄 수 없다면, 그것은 내면의 원천이 고갈된 것으로 죽은 것이나 다름없다. 우리 마음의 열정과 생동감이 고갈되면 아름다운 것을 아름다운 것으로 볼 수가 없게 된다. '샘이 퐁퐁 솟는 것'을 보고 가슴이 뛰게 되면, 그것이 '블루밍 에센스'(blooming essence)가 되어 피부 속에 잠들어 있는 '유리 입자'(cell luminous factor)를 일깨워 주게 된다. 이 '유리 입자'는 마치 사랑할 때처럼 피부를 통해 들어온 자연의 빛보다도 더 찬란한 '감동의 빛'을 넓고 화사하게 비춰 얼굴 전체를 고르게 빛나도록 역할을 한다는 것이다. 그래서 사랑하면 얼굴이 예뻐지고 살갗이 광채가 나듯이, 감동이 강하면 강할수록 전자 광처럼 그 빛의 파장을 넓게 피부에 확산시켜 얼굴빛을 환하게 해준단다. 반면 감동이나 사랑 또는 일상적인 미소가 죽으면 피부 건강에 중요한 역할을 하는 각질층 바로 아래인 과립층에 존재하는 '유리 입자'가 쪼그라들거나 보이지 않게 손상되어 빛을 제대로 반사하지 못해 안색이 어둡고 칙칙해진다고 한다. 이래서 우주적 불가사의나 영적인 진리나 절대자에 대해 품고 살아가던 신비감이 다 무너지게 되고 만다는 것이다. 우리 아이들이 이런 관성에 사로잡히면 감각이 무디어지고 삶의 설렘을 느끼지 못하게 된다. 이것이 문제다.

아름다움을 보고도 가슴이 뛰지 않고 사랑을 하면서도 딴생각을 하게 되는 것은 너무나 일상적인 관심에만 몰입되어 '찬란한 미감'(blooming sense of beauty)을 상실했기 때문이다. 길섶의 한 작은 들꽃을 보고도 감동하고 가슴이 파동으로 순간순간마다 이어졌으면 좋겠다. 아침에 눈을 떠서 태양을 바라다보며 탄성을 지를 수 있는 '블루밍 스킨'(찬란한 얼굴)으로 끝까지 남았으면 한다. 우리 인생에서도 스완송을 부를 기회는 누구에게나 찾아온다. "내 앞머리가 무성한 이유는 내가 누구인지 금방 알아차리지 못하게 하고, 뒷머리가 대머리인 이유는 내가 지나가면 다시 붙잡지 못하도록 하기 위함이다." 기회의 신 '카이로스'가 표현한 것처럼, 그 기회가 언제 다가올지 모르기 때문에 철저히 준비하여야만 한다. 인생은 흘러가는 것이 아니라 채워가는 것이며, 미래는 저절로 오는 게 아니라 준비하며 맞이하는 것이다. 일상 속에서 생명 의식을 잃으면 바람도 머무르지 않고 스쳐 지나갑니다.

　"새들도 날개 짓하며/ 곁눈질 하지 않습니다// 오직 먼지 입자들만/ 새하얗게 쌓여 갑니다// 생명이 없으니 사랑도 없고/ 생활이 없으니 희망도 사라졌습니다// 공간이 아니라 삶이/ 생활 속에서 기적을 만들어갑니다// 지지배배 지지배배 / 새의 노래가 사라지자 // 모든 것이 없어지는/ 황량한 공간으로 변하여 갑니다."

- 「빈 둥지의 교훈」 전문

　같은 빈 둥지만 그저 관심 없이 겉으로만 보면 새의 노래가 사라진 빈 둥지 속에서 사랑도 희망도 볼 수가 없다. 그러나 다시 때가 되어 새들이 날아들어 알을 낳고 새끼를 까고 '지지배배 지지배배' 하고 우는 노래를 현재 속에 '마음의 눈'으로 끌어들이면 모든 것이 기적이 되고 황량한 공간이 생기로 넘치고 태양이 머물고 바람이 머물러 새들과 유기적인 생명 공감체를 이루어 모든 것이 밝고 환해지며 천국처럼 변할 것이다. 프랑스의 유명한 소설가 앙트아느 드 생텍쥐페리(Antoine de Saint-Exupery, 1900-1944)의 작품, 『어린 왕자』(Le Petit Prince=The Little Prince)에 나오는 의미심장한 한 구절을 소개하는 것으로 끝을 맺겠다.

투정만 부리는 장미꽃을 별에 남겨두고 여행길에 오른 아주 작은 혹성의 어린 왕자는 여섯 개의 별을 순례하고 지구에 왔다. 여섯 개의 별에는 각기 명령할 줄밖에 모르는 왕(남에게 군림하려고만 드는 어른), 남들이 박수쳐 주기만을 바라는 허영꾼(허영 속에 사는 어른), 술을 마시는 게 부끄러워 그걸 잊기 위해 술을 마시는 술꾼(허무주의에 빠진 어른), 우주의 5억 개 별이 모두 자기 것이라고 되풀이해 세고 있는 상인(물질만능주의 어른), 1분마다 한 번씩 불을 켜고 끄는 점등인(기계문명에 인간성을 상실한 어른), 아직 자기별도 탐사해 보지 못한 지리학자(이론만 알고 행동이 결여된 어른) 등이 살고 있다.

　　어린 왕자는 우연히 아름다운 장미가 가득 피어 있는 정원을 보고 지금까지 단 하나의 장미를 갖고도 부자라고 생각했던 자신이 초라해져서 그만 풀밭에 엎드려 울고 만다.

　　그러다가 어린 왕자는 부지중에 나타난 타락한 현대인들 중에서는 그래도 지혜로운 사람을 상징하는 도인(道人)에 가까운 한 마리의 '여우'를 만나게 된다. 너무 쓸쓸한 탓으로 친구가 되자고 제의했으나, 그 여우는 길이 들지 않아서 친구가 될 수 없다고 했다. '길들인다'는 것이 어떻게 하는 것이냐고 묻자, 그것은 '관계를 맺는 것'을 뜻한다고 말하며 이렇게 설명해 준다.

　　"지금 내가 보기에 당신은 아직 수많은 다른 소년들과 별로 다를 게 없는 어린 소년에 불과하지요. 그래서 나는 당신이 없어도 괜찮아요. 당신 또한 내가 없어도 괜찮구요. 당신이 보기에 나는 수많은 여우와 다를 게 없으니까요. 그러나 만일 당신이 나를 길들인다면 우리는 서로 필요하게 돼요. 당신은 나에게 있어 이 세상에서 단 하나의 유일한 존재가 될 것이고, 당신에게 있어 나 역시 이 세상에서 유일한 존재가 될 겁니다. 나는 닭을 사냥하고, 인간들은 나를 사냥하지요. 모든 닭들이 비슷하고 또 사람들도 모두가 비슷해요. 그래서 나는 좀 지루해요. 그러나 당신이 나를 길들인다면 나의 생활은 태양이 빛나는 것처럼 밝아질 거예요. 다른 사람들의 발자국소리와 다를 당신의 발자국소리를 알게 될 거예요. 다른 사람의 발자국소리를 들으면 급히 땅굴로 들어가 버리지만, 당신의 발자국소리를 들으면 음악이라도 듣듯이 굴에서 뛰어나올 거예요. 그리고 저길 봐요. 저기 푸른 밀밭이 보이지요? 나는 빵을 먹지 않아요. 밀은 나에게 소용이 없어요. 밀밭은 나에게 생각나게 하는 게 아무것도 없어요. 그건 슬픈 일이지요. 그러나 당신의 머리칼은 금발이군요. 당신이 나를 길들여 주면 당신의 금발머리칼은 더욱 아름답게 보일 거예요! 황금빛 밀을 보면 당신 생각이 나겠지요. 그러면 밀밭을 일렁이고 지나가는 바람 소리조차도 사랑스러울 거예요."

이렇게 어린 왕자는 여우를 통해 오로지 마음으로 보아야만 사물이 바로 보인다는 것을 알게 되었다. 또한 '가장 소중한 것은 눈에 보이지 않는다'는 것과 '길들인 것'에 대해서는 언제까지나 책임이 있다는 것도 알게 되었다. 여지까지 어른들이 '모자'라고 보아온 '웬 모자 같은 그림'을 어린 왕자는 보고 그것을 모자로 보지 않고 '코끼리를 삼킨 보아 뱀'으로 알아볼 수 있었던 것은, 바로 어린 왕자가 마음으로 그것을 보았기 때문이다. 이처럼 신충훈 시인도 마치 어린 왕자처럼 모든 사물을 마음의 눈으로 보기 때문에 룰루랄라 노래하며 춤추며 아름답게 보는 것이다.

신충훈 제6연작동시집

노래는 즐거워

초판인쇄 2023년 3월 14일
초판발행 2023년 3월 22일

지 은 이 신충훈
펴 낸 곳 시지시
등   록 제2002-8호 (2002. 2. 22)
주   소 ⓤ 10364
          경기도 고양시 일산동구 호수로 688. A-419호
전   화 010-4045-4788
이 메 일 dyjng1@naver.com

값 12,000원

ISBN 978-89-91029-76-7 03810